Érase una vez una ratita que, mientras barría la escalera de su casa, se encontró una monedita que brillaba sobre el suelo.

La ratita, que era muy presumida, empezó a preguntarse qué es lo que podría comprarse con aquella monedita.

Como era muy ordenada y trabajadora pensó que quizá estaría guapa con un delantalito nuevo.

Pero no se decidía por nada, hasta que... —¡Ya sé!

¡Me compraré un lacito nuevo para mi linda colita!

Y salió a la puerta a lucir su lazo de color rosa que dicen que es el color del amor. Y pasó el gallo...

Al pedirle que se casara con él, el gallo lanzó un grito tan estridente que la ratita le hizo marcharse en seguida.

Y llegó un cerdito muy despierto: —Ratita, ratita, ¿querrías casarte conmigo? Y ella contestó: —¿A ver qué voz tienes?

—¡Qué pena cerdito: no puedo casarme contigo, pues tu voz es tan gruesa que me matarías del susto!

Entonces llegó el lobo muy elegantemente vestido, ofreciéndole un precioso ramo de flores recién cortadas.

Pero al primer aullido, ¡qué horror! La ratita se

asustó tanto, que huyó corriendo lo más

rápidamente que pudo.

Tampoco le gustó el burrito, que la dejaba sorda con sus rebuznos y a quien no había manera de hacer callar.

Pasó un pato muy simpático. —Cásate conmigo

ratita guapa . Y le dedicó su mejor canción. —No

puedo soportar tu voz —dijo la ratita.

Finalmente llegó el gato, muy meloso y cortés, a pedir su mano. Se dijo la ratita: —Ay, éste sí que me gusta.

Y el gato, con sus delicados maullidos, enamoró a la ratita, que no dudó ni un instante en decirle que sí.

Se celebró una gran boda; la ratita vestida de novia estaba más hermosa que nunca. Y se sentía muy feliz.

Pero, al terminar, el gato se lanzó sobre ella para comérsela. La ratita logró escapar y aprendió a no fiarse de las apariencias.